주머니 속 말랑한 고민

주머니 속 말랑한 고민

이삼 지음

본격 과로사를 피하고 싶은

외계냥의 현생 탈출 이야기

지콜론북

혼자가 아니라는 위로

우리는 모두 주머니 속에 작은 고민 하나쯤은 품고 살아갑니다. 그 고민이 마치 드러나면 안 된다는 듯 꼭꼭 숨기고 말이죠. 길을 걷다가, 이야기를 나누다가, SNS를 보다가 문득 '다들 참 즐겁게 사는구나.' 같은 생각을 할 때가 있습니다.

그리고 어느 날은 집에 돌아와 이불을 뒤집어쓴 채 '왜 나만 이렇게 힘들까?' 하며 잠 못 이루는 밤이 있기도 합니다. 그럴 때면 마음 깊이 묻어둔 주머니 속 고민이 튀어나오기 마련입니다.

그 고민은 아주 말랑해서 시간이 지나면 녹아 사라지기도 하지만, 오히려 시간이 지날수록 단단해져 마음의 주머니를 무겁게 만들기도 합니다. 주머니가 무거워지기 전에 이 말랑한 고민을 한데 모아 마음의 상처들을 덮어주는 따뜻한 양분이 될 수 있기를 바라는 마음으로 『주머니 속 말랑한 고민』을 그렸습니다.

이 책은 외계에서 온 고양이 외계냥이 지구의 숲숲 친

구들을 만나며 겪는 이야기를 담았습니다. 외계냥은 '나만 빼고 다 행복한 것 같아!'라는 억울한 마음으로 복수(?)하기 위해 숲숲을 찾아왔으나 곧 깨닫게 됩니다. 모두의 마음속에는 누구에게도 보여주지 않은 고민 주머니가 있음을, 그 무거운 주머니를 가지고 저마다의 방식으로 하루하루를 살아가고 있다는 것을요.

그럼에도 어떤 고민은 곁에 있는 누군가와 함께하기에, 서로를 이해하고 보듬어 주기에 가벼워지기도 합니다. 혹시 지금 여러분의 마음속에도 무거운 고민이 이리저리 튀어나오기 시작했다면 이 책을 펼쳐주세요. 페이지를 넘기다 보면 여러분의 고민도 조금은 말랑해지고, '나만 이런 게 아니었구나.' 하는 안도감이 피어오를 거예요. 그러다 보면 마음의 주머니는 조금 가벼워지고 어느새 작은 미소가 번질지도 모르겠습니다.

그림을 그리며 저의 주머니 속에도 고민이 하나둘 늘어나기 마련이었습니다. 그럴 때 숲숲 친구들처럼 늘 제 곁에서 함께해 준 분들에게 고마운 마음을 전하고 싶습니다. 덕분에 제 고민은 늘 말랑말랑 부드러웠습니다(말랑말랑을 계속 말하다 보니 고구마말랭이가 먹고 싶어지네요). 앞으로도 고민은 또 생기고 사라지기를 반복하겠지만 그 고민이 여러분을 짓누르지 않기를, 지치고 힘들 때면 숲숲을 찾아주기를 바랍니다.

당신의 고민이 조금 더 말랑해지기를 바라며.

이삼

contents

1

완벽해 보이는
숲숲마을의 비밀

2

걱정도 함께 자라는 곳

3
그래도 함께라면
괜찮아

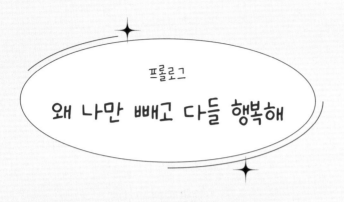

프롤로그

왜 나만 빼고 다들 행복해

이곳은 멀고 먼 423C 행성.

외계냥은 오늘도

연장 근무 중이다.

챡!

너무

지치고

힘들어.

풀썩~

도대체 언제까지
이렇게 살아야 할까?

응?

숲스타그램

😼 슴슴한고슴도치

❤ 706 가족모임

😺 미미는햄스타

❤ 253 숲숲축제 개최!

❤ 270 웨이팅하고 먹는 맛집

😑 구루구루굴굴

300 유부랑 애옹이랑

❤ 박쥐와 명상타임

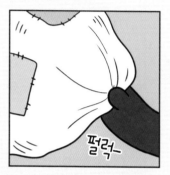

우여곡절 끝에 도착한 숲숲에서

다양한 사연을 만나게 되는데….

과연 외계냥의 시기 질투 복수는

성공할 수 있을까?

1

완벽해 보이는
숲숲마을의 비밀

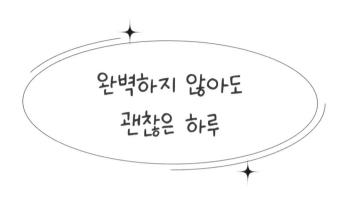

완벽하지 않아도
괜찮은 하루

젠틀캣 양복점의

고양이 씨

언제나 계획적으로

Rrrr~

시간에 맞춰 산다.

빗질할
시간이군.

철저하고 빼곡한 삶.

물론 지칠 때도 있지만

내가 완벽해야

고씨 집안을 지킨다.

난 첫째 대신이니까.

가족을 부탁해···.

7시 5분 그루밍
7시 25분 식빵 굽기
7시 40분 수염 정리
7시 50분 발톱 깎기
7시 55분 영양제 먹기
8시 오뎅꼬치 정리

아, 뭐래! 쓰러졌다니까가
가족들이 전부 놀라서

양이 씨 걱정만 했다고요.

아무래도…

전 늘 완벽했으니까….

아니!

양이 씨는 책임감이
너무 강해서 걱정된대요.

완벽하지 않아도 괜찮다,

어떤 모습이어도
사랑한다고 했다고요.

진짜요?

다 나으면 가족여행도 가자고 했어요.

...

양이 씨는 어떤 모습이든 멋져요.

그러니까 빨리 나아요!

하하, 고마워요. 애옹 씨.

가족들에게

전화를 걸었다.

가족여행을 가신다고….

네, 맞아요.
무계획 여행이에요!

왠지 재밌을 것 같아.

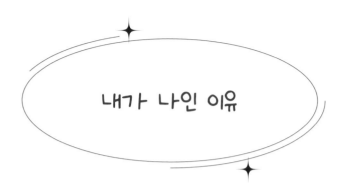

내가 나인 이유

생각보다 세상은
위험하지 않았지만

난 끊임없이
내가 태어난 이유를

찾고 싶었다.

도저히 내가 존재하는
이유를 모르겠기에.

그러다 몸도 마음도 성장하면

근질근질해.

또 커졌군.

크기 싫어도 커야 해.

허물이 벗겨졌다.

어느 날 무작정

좋아하는 걸 적어봤다.

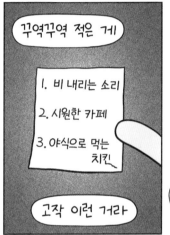

꾸역꾸역 적은 게

1. 비 내리는 소리
2. 시원한 카페
3. 야식으로 먹는 치킨

고작 이런 거라

솔직히 취미도 목표도

하아~

취향도 특별히 없었지만

내 존재도 고작

볼품없네.

이 정도일까 싶었다.

하지만 평생

빗소리를 못 듣고

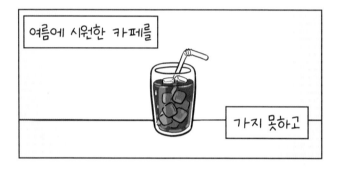

여름에 시원한 카페를

가지 못하고

야식으로 치킨을 못 먹는

삶을 살아야 한다면

엄청 끔찍하겠지.

라는 생각이 들었다.

빗소리 들으니까 좋아.
기준은 바로 나구나.

친구를 위한 용기

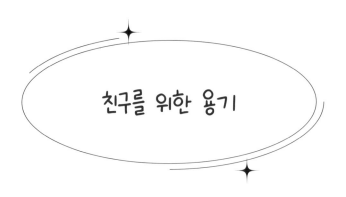

전 너구리입니다.
대대로 둔갑에 뛰어난!
집안이지만

저는 둔갑술을…

떼엥!

쯧ㅡ

어휴ㅡ 집안의 수치!

잘 못합니다.

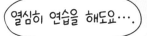

다음 주에
소풍 갈 때도 혼자야.

아…

그날 처음 만났지만

어디에도 속하지 못하고

겉도는 모습이 저 같았어요.

그럼 나랑 소풍가자!

넌 토끼가 아닌데…

나, 나는 둔갑을 잘해!

다음 주에 보자!!!

어? 그래.

특이하네.

다행히 전 들키지 않았고

구루도 즐거워하며

소풍은 그렇게 끝났어요.

몸이 안 좋아서
먼저 갈게!

우리…

펑!

또 보는 거지?

…당연하지!
또 보자!

내 몫까지

내가 바란 세상에서

무슨 생각해용?

어릴 때 친했던 친구.

지금은 안 만나?

연락이 끊겨버렸어.

나한테 정말
소중한 친구였는데….

분명 멋진 너구리가 되었겠지.

매사에 최선인 친구였거든.

스윽

그런 일이 있었구나.

너구리는 무사할까?

프레임 너머에 있는 것

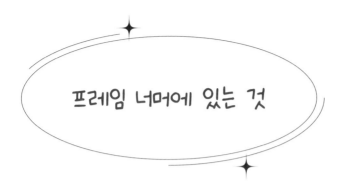

외계냥의
질투 복수극은

진전이 없다.

아니!
다들 사연이 있잖아!

안 되겠어,
다른 녀석을 찾아보자.

제 삶은 이제

인형한테 마저

잡아먹힌 거겠죠.

이제 돌아갈 수 없어요.
이렇게 살다 가겠죠.

그럴 리가 없잖아!

이곳이 현실이야!
얼른 너도 치워!

네?

못 봐주겠네!
포기가 이렇게 쉽다니.

절대 다시는

창문을 볼 수 없을 거라

생각했다.

청소하는 법 전부
알려줄 테니 보고 배워!

네!

당신은 사실 천사인가요?
절 위해 나타난….

정말
고마워요.

…어?

이, 이게 아닌데.

외계냥은 어쩐지
기분이 이상해졌다.

짧지만 치열한 불꽃

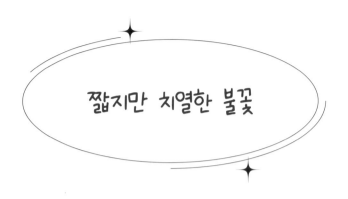

신기한 양초네.

켜볼까?

번 쩍

그, 그럼 불을 꺼줄까?

안돼! 눈을 뜬 이상 감을 수는 없는 법이야.

지금 감은 거 아냐?

찌릿

나도 도와줄게.

아, 뭐부터 해야 하지?

또 한참을 달리고

흐아!

불이 꺼질 것처럼 달리네. 안 무섭나?

활짝 웃기도 했고

화를 내기도 했다.

으어!

그럼에도

또 계속 달렸다.

제발 좀
쉬었다 가!!!

안돼! 내 삶은
너무 짧단 말이야.

내가 너무
여유 부리며
살았던 건가?

양초는 금방 녹아내렸다.

머지않았군.

아주 정신없이 살았지만 미련은 없어.

서로 다른 형태의 희망

청소합시다!!!

이게 집이냐?
돼지우리지!

아~ 하기 싫은데.

할 때가 되긴 했어.
자, 받아.

하지만 우리의
마음만은 깨끗해.

엇!

우린 작은 것에도 웃고
작은 것에도 행복해져.

태어난 곳을 정할 수는
없는 노릇이니

주어진 삶을
받아들여야 해.

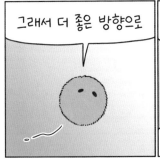

곰팡이가 떠나는데
왜 아쉬울까요?

…그러게.

우리도… 우리의
방향으로 나아가자.

그러면 일단
청소부터 합시다.

흠~ 올 때가 됐는데.

오, 왔군요!

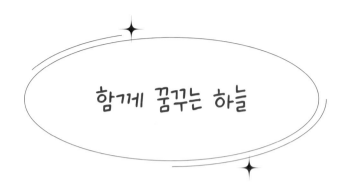

함께 꿈꾸는 하늘

그러고 보니 승천은 언제 해?

맞다! 나 이무기였지. 즐거운 나머지 잊고 있었어.

이제 정말 때가 된 거야.

여의주를 만들어야 용이 될 수 있어.

오!

여의주는 소원을 들어주지만

욕심으로 두 개를 만들면

이무기로만 살아가게 된대.

...   ...

어째서!
그런 소원을 빈 거야!!!

하늘에 가면…
내 가족들이 있을 거야.

난 잘 지내고 있다고
꼭 전해주라.

…그래.

그렇게 승천해서
하늘을 수호하고 있대!

거짓말 같은데.

진짜로!

2
걱정도 함께 자라는 곳

애옹이의 동굴

마음이 울적해지면

가는 동굴이 있다.

그 안에는 항상

까만 녀석이 있다.

언뜻 나와 닮은.

햇빛도 쬐고 울어도 보고 깊은 잠도 자는 거야.
넌 분명 잠에서 깨어나
다시 일어날 테니까.

···고마워.

근데 거기 있으면
안 외로워?

난 여기 있어야만 해.
내가 밖으로 나가면

넌 날 볼 수 없거든.

이렇게

!

떡 한 조각의 온기

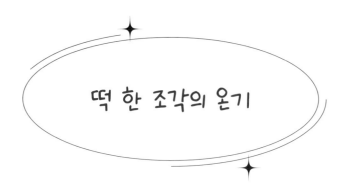

복수극이 길어진 외계냥은

임시 거처를 구했고

이사 오면 떡을 돌려?

사러 가기 귀찮은데.

지이익~

생일을 맞은 두더지에겐

그 누구도 연락이 없다.

이런 것 말고는.

[Web발신]
생일축하합니다☆숲치과

[Web발신]
생일 기념 할인 30%!!!

[Web발신]

두더지는 우울했다.

나 잘못 살았나?

하지만 열심히 살려고
노력했을 뿐인데!!!

친구 같은 거
없어도 돼.

대신 난
너무 바빴어.

바쁩니다.

회식···

외로울 때도
있었지만

지금도 좀
외롭지만···.

쿨해지자고

노력했지만

오늘은 유독

힝···

서글프다.

살기 바쁜데 어떡해!
누군가를 만나는 것도 사치야!

악!

윽!

게다가 생일인 걸
티내는 건 더 싫어.

연락은 없다는 걸

아는데도

한 명 정도는….

이 세상 속 내 존재는

뭐지?

난 스스로 이 세상에

벽을 쌓았던 걸까.

깊은 생각에 빠질 때

띵동—

?

초인종이 울렸다.

마치

벽을 부수고

문을 열고 나오라는 듯.

친구가 아니란 건
나도 알지만…

스윽—

문을 열었다.

끼이익—

다시 이어진 우정

누구신가요?

너의 능력은 사라졌지만 살려는 뒀다.

이제 다른 능력을 찾아!

다른 능력?

이 세상은 말이야…

태어날 때부터 주어진 것보다 귀한,

배울 것도 볼 것도 차고 넘친단 말이다!!!

낙담하지 말거라.
그럼 이만!

펑!

정체가
뭘까?

이상하게 마음이
가벼워진 나는

다른 숲으로 떠나

닥치는 대로 배우고

닥치는 대로 일했다.

갑니다!

매일 쉬지 않고 공부하고

일도 배우고 네 생각도 자주 했어.

너구리는 한 번도

포기한 적 없었어.

불안의 보따리

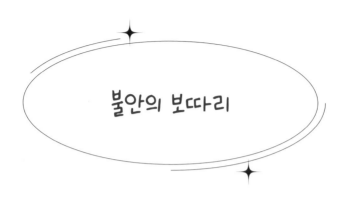

휴, 다 쌌다.

자기 몸보다 큰

보따리를 갖고 다니는

보부상 땃쥐 씨.

모든 건 한계가 있다.

아니…

이러다 큰일 나요!

이제 오르막이라고요.

그, 그래도.

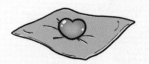

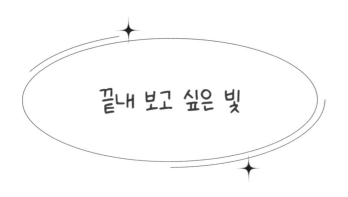

끝내 보고 싶은 빛

뱀파이어로 산 지 400년. 나의 꿈은….

웃기게도 태양을 보는 것.

야아~

말도 안 되는 꿈이지만…

사실 태양을 보려고
시도한 적은 많다.

예쁘고
멋있어~

아주 잠깐만 보는 거야.

햇빛 차단
선글라스

무적 보자기

자외선 차단
바람막이

으으, 뜨거워….

역시 안 돼….

벌써 상처가….

맞아, 말도 안 되지….

흐음

그렇네. 뱀파이어가 태양을 사랑한다니 쉽지 않아~

며칠 후

선물 만들어!

뭐 해용?

박쥐야, 선물이야!

선물?

조심히 가!

도도도ー

토토톳ー

그날은 가장 기쁘고

가장 슬픈 날이었다.

죽을 때까지

난

태양은 볼 수 없어.

어둠이 있어야 빛도 있어!

너는 정말 소중한 존재야.

고마웠어, 유부야.

그렇지만 역시…

어느 날 저 뜨거운 태양을 보며

어두운 나를 불태울 거야.

늘 그늘이었던 나도

빛이 될 수 있게.

그날 이후로 박쥐는 보이지 않았다.

그늘에도 빛이 드는 순간이 있을까.

커튼 너머의 소중함

나는 나무를

좋아했다.

계절마다

나무가 주는 안정감도.

우리 집은 나무가 보인다.

나무가 보인단 이유로

마냥 좋아 계약한 집.

하지만 삶은 너무 박해

으아!

늦었다!

여유가 내게 있었나?

집 갈래.

다녀왔습니다.

즐거운 시간이 끝나고

생각했다.

나무⋯.

나무⋯.

다녀왔습니다.

좌라락~

내가 널 찾지 않아도

넌 자라고

또 꽃을 피운다.

넌 늘 여기 있는데….

하루 한 번쯤
널 볼 수 있었는데.

그런데도 나는….

널 등지고 있던 의자를 돌렸다.

너를 보기 위해

너를 보기 위해

커튼을 치웠다.

가끔 일찍 퇴근했다.

너를 보기 위해

쫓기며 살지 않으려

노력하게 됐다.

너와 나를 보기 위해.

나는 나무를 좋아한다.

그리고 나무를 바라보는

나를 좋아한다.

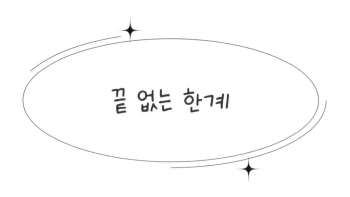

끝 없는 한계

여러 차례 허물을 벗은

도마뱀은 이제

도전이란 걸 하고 싶다.

흠~ 커피 향이 좋네.

나의 허물도 함께

어, 벗겨진다.

점점 많아진다.

이제는 삶이 재밌어.

좋아하는 걸 넘어서

도전하는 건

내가 살아있는 존재 같아!

많은 걸 경험하고 싶어.

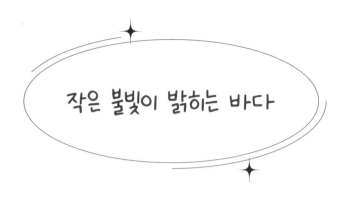

작은 불빛이 밝히는 바다

심해어 심심해 씨는

하아아-

늘 심심하다.

이 바다는 너무 어둡고

아무도 없어.

지루함에 지칠 때면 불빛을 내보기도 한다.

흐음~

역시 재미 없어.

이곳에서 나의
가치는 어디 있을까?

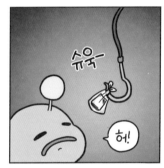

슈욱—

허!

내가 낚싯바늘 한두 번
보는 줄 알아?

절대 안... 엥?

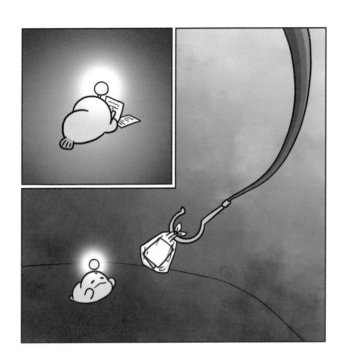

유부와 만나는 건
너무 즐거워.

숨겨진 정체

하~ 이 녀석이고
저 녀석이고
왜 행복하질 못해!

지구냥

쳇!

처음 보는
얼굴이네~

이, 이사 온 지 얼마 안 됐어! 반가워!

그렇구나~ 난 구루야. 반가워.

이사 오니 어때?

음, 좋던데?

친, 친구도 생겼어.

두더지라고 내가 첫 친구래! 그 친구는 내 옆집 사는데….

나야!

그런 거라면….

위로해 주고
친구가 되고 싶어.

정, 정말?

너무 넘겨 짚었나?
친구가 되기 싫어 할….

아냐!!!

치, 친구가 되고 싶어!
…할 것 같아.

하하, 그럼 좋겠다!

3

그래도 함께라면
괜찮아

영원을 함께한 이름들

불가살이는

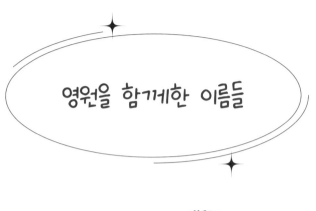

죽지 않는다.

영원히 산다니 신기해.

흠, 글쎄.

불을 만지는 버릇이 있는

다람쥐를 만났다.

다신 정을 주지 않겠다고

결심했었지만

나는 또다시

함께하는 시간이

슬프도록 소중해졌지.

물론 햄스터 수명도 짧지.

하지만 난 결심했다.

기다릴게.

다시 환생할 것 같아.

또 날 찾아와 줘.

신기하게도

안녕!

매번 날 보러 오더라.

안녕!

지금도 기다리고 있어.

그렇구나.

세상은 끝없이

돌고 돈다.

난 영원히 소중한 것을

기다릴 것이고

넌 영원히 새로운 너로

태어날 거야.

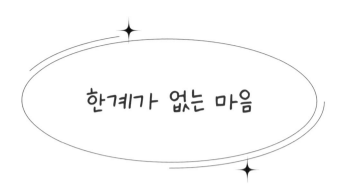

한계가 없는 마음

나이 든 강아지는

생각에 빠졌다.

내가 죽으면 누가
날 마중 나와줄까?

먼저 간 가족이나
친구 아닐까요?

나이 든 강아지는 안다.

이름을 붙이는 순간

당신이 지어주세요.

제 첫 이름을요!

고철은 고철이 아님을.

끙, 그게 뭐 대수라고.
네 이름은 로봇이다!

로봇의 이름은 로봇.

로봇이 외로움을 알까?

친구가 왔다!

누굴 위한 친구였을가?

많아졌군.

즐거워. 하지만 너희는 결국 로봇일 뿐….

이러나 저러나 내가 떠나도 알아주는 이는 없어.

내가 떠나고 나면

너희는 어떻게 되지?

실례합니다~

잘 지내셨어요? 응?

저무는 햇빛

미지근한 커피와

미약하게 따뜻한

숨을…
안 쉬어.

전원이 나간 로봇들은

버튼을 눌러도

ON

작동하지 않겠지.

누가 당신을
마중 나왔나요?

사랑에는
한계가 있나?

내가 믿는다면

그게 사랑이겠지.

끝없는 마음을 주면

생명이 깃들고 말테니.

숨겨 왔던 이야기

친구들이 생겼다.

하~ 복수는 무슨.

오늘 열리는 파티에도

초대받았다.

가야겠지?

그럼 됐네!

누구나 숨기고 싶은 것 정도는 있어.

상대를 대하는 진심이 중요한 거지.

현재가 중요한 거야.

너희랑 지내며 많이 깨닫고 많이 즐거웠어.

고마워. 날 받아줘서.

자자 그럼 이제…

다들 신나게 놀자!

이런 게 행복이구나.

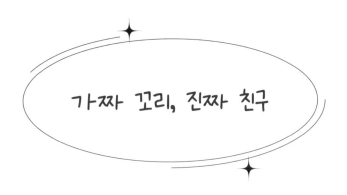

가짜 꼬리, 진짜 친구

난 꼬리가 없다.

나의 유일한 약점.

꼬리가 없어서

친구도 없었다.

친해지면 분명히

내가 상처 받을 테니.

구미호 씨에게 부탁해

자~

가짜 꼬리를 받았다.

부탁하니 만들었지만….

난 꼬리 없는 너도 좋아.

고마워용!

그렇게 말해도 있는 게 좋겠지?

비가 오나 눈이 오나

으악!

가짜 꼬리를 했다.

악 안돼!!!

흥~

건조하기 귀찮아.

타고난 걸 따라잡기 너무 힘들어.

날 놀리려던 게 아냐?

그럴리가~ 그렇게 따지면 난 뚱뚱이고

난 꼬리가 꺾였고

난 귀가 접혀있어.

마음의 물결

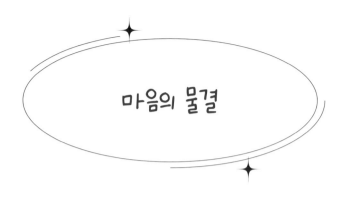

개구리는 연못을
자주 바라본다.

일렁이는 얼굴이 웃겨.

내 마음이 기쁘면

넘어진 것들을 세우고

다시 물 밖으로 나와

푸하!

크게 숨을 쉰다.

개운해.

역시 연못 속으로
들어가 보길 잘했어.

내 마음은 나만이 안다.

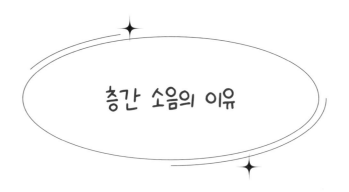

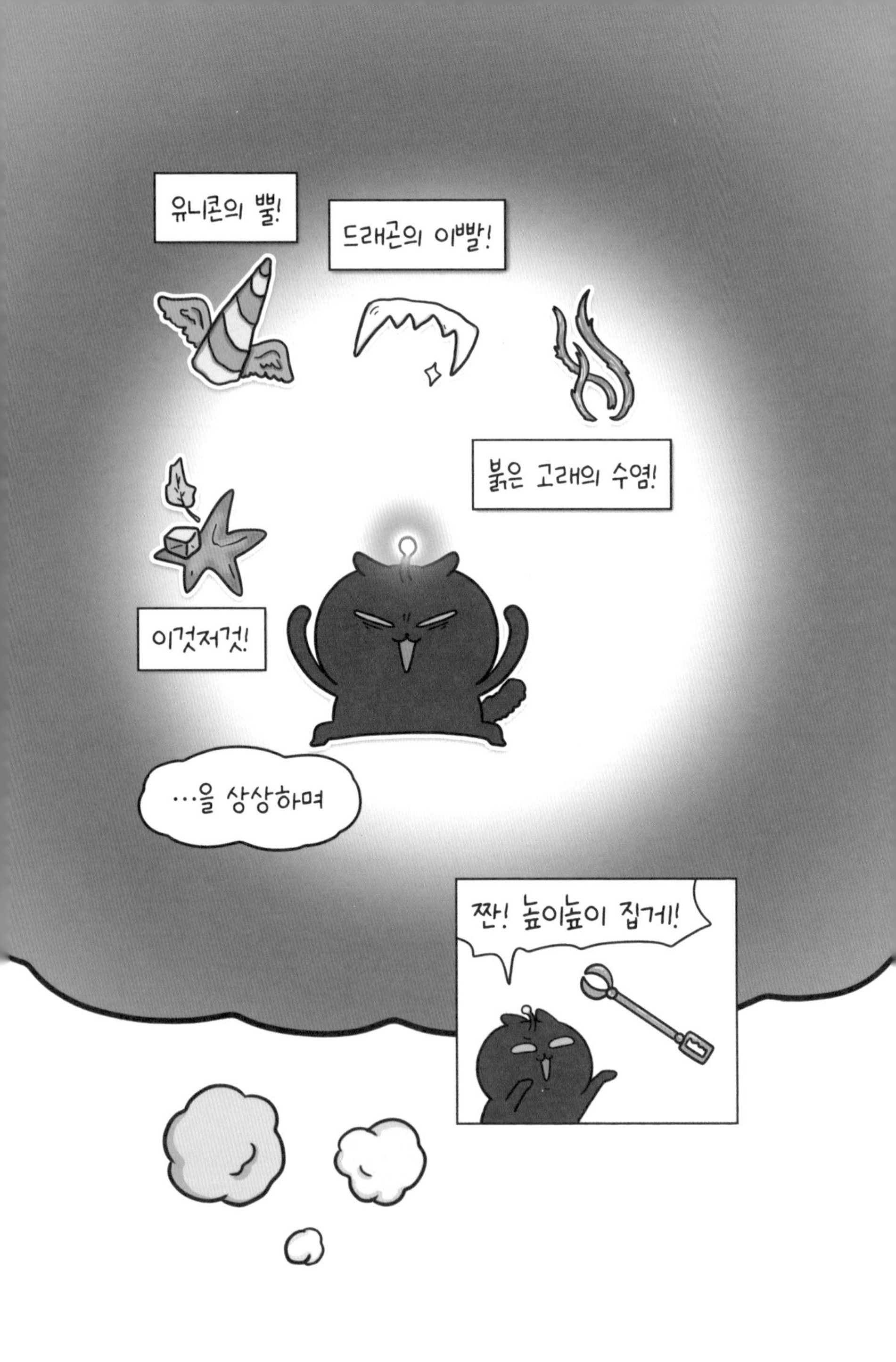
유니콘의 뿔!
드래곤의 이빨!
붉은 고래의 수염!
이것저것!
…을 상상하며
짠! 높이높이 집게!

소원을 이루는 힘

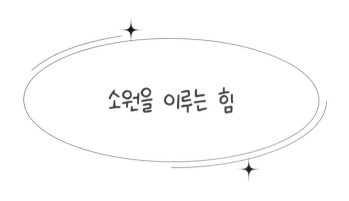

별님은 알아차렸다.

아!

사실 나에게 비는
소원이 아니었구나.

스스로를 응원하고

아잣!

다짐하는 열망이었어.

몰두했어.

특별한 것보다 소중한 것

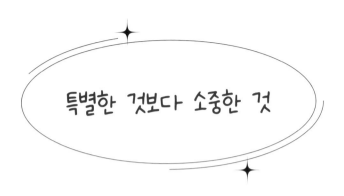

정말 마지막 꼬리는 안 모을 거야?

그렇다니까~

무슨 생각인 거지?

꼬리를 모두 모으게 되면

신이 되어 모두가 우러러보고

온갖 능력을 부릴 수 있다고 한다.

난 평범한 여우였는데

응?

부스럭~

안녕!

꼬리를 모두 모으겠다는
녀석이 멋져 보였다.

같이 꼬리 모으자!

좋아!

끝없는 수행을 통해

하나둘 꼬리가 모이면

내가 녀석의 옆에 서도
모자라지 않은

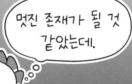

멋진 존재가 될 것
같았는데.

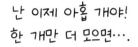

난 이제 아홉 개야!
한 개만 더 모으면….

넌 혼자 남들과
달라지는 게 좋아?

신이 되면
친구도 못 만나고

아무도 널 동등하게
봐주지 않을 텐데.

미호야,
왜 그래?

난 역시 안되겠어. 미안.

미호야!

근데 아닌 것 같아.
나는 미호 네가 더 중요해졌어.

영원히 꼬리 아홉 개로
살아갈

불완전하고 부족한 존재들의 사랑은

더 견고하고 아름다울 것이다.

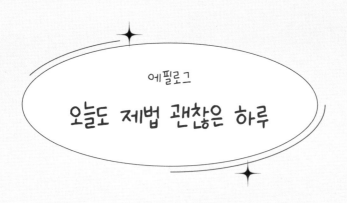

에필로그

오늘도 제법 괜찮은 하루

산불로 가족을 잃은 유부.

태어날 때부터 혼자였던 구루.

하나뿐인 형제가 병으로 떠난 애옹.

그런데도 너희들은···.

전혀 슬퍼 보이지 않아.

오히려 밝은 미래만 있는 것처럼 보였어.

솔직히 난….

내가 가장 불쌍했어.

숲스타그램에서 본

너희는 언제나

행복해 보였으니까.

난 매일 야근에다

돈은 안 모이고

항상 외로웠어.

상처를 낮게 할 생각은 못 하고.

너희는 대단해. 각자의 아픔을 이겨내고

또 다른 동물들을 돕잖아.

돕는다기보다 그냥 들어주는 거야.

들어주는 것만으로 힘이 되니까.

내 말이.

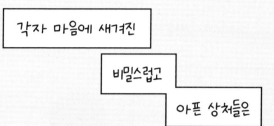

각자 마음에 새겨진

비밀스럽고

아픈 상처들은

새살이 자라는

밑거름이 되기도 한다.

외계냥은 다시
423C 행성으로
돌아갈 것이다.

회사를 관둘 수도 있고

혹은 똑같은 일상을
살 수도 있다.

265

그러나 마음만은 이전과 다를 것이다.

진정한 삶의 행복과

곧 퇴근이다!

내가 사랑하는 나의 모습을

배웠을 테니 말이다.

안녕!

다시, 가보자!

주머니 속 말랑한 고민

본격 과로사를 피하고 싶은 외계냥의 현생 탈출 이야기

초판 1쇄 발행   2025년 3월 14일
초판 1쇄 발행   2025년 3월 21일

지은이   이삼
펴낸이   이준경
책임 편집   김현비
책임 디자인   정미정
펴낸곳   지콜론북

출판등록   2011년 1월 6일 제406-2011-000003호
주소   경기도 파주시 문발로 242, 출판도시 영진미디어 3층
전화   031-955-4955
팩스   031-955-4959
홈페이지   www.gcolon.co.kr
인스타그램   @g_colonbook

ISBN   979-11-91059-65-6   03810
값   19,800원

잘못된 책은 구입한 곳에서 교환해 드립니다.
지콜론북은 예술과 문화, 일상의 소통을 꿈꾸는 ㈜영진미디어의 출판 브랜드입니다.